AF298050

L'AUTEUR ET SA SERVANTE,

PROLOGUE EN VAUDEVILLES,

A l'occasion de la Naissance du Roi
DE ROME ;

*Représenté, pour la première fois, à Paris,
sur le Théâtre de la Salle des Jeux
Gymniques, Porte Saint-Martin, le Lundi
1.er Avril 1811.*

PAR M. DESAUGIERS.

DE L'IMPRIMERIE DE HOCQUET ET Cie.,
RUE DU FAUBOURG MONTMARTRE, N°. 4.

PARIS,

Chez BARBA, Libraire, Palais-Royal, derrière
le Théâtre Français, N°. 51.

1811.

PERSONNAGES.

S. ANGE, auteur dramatique.   M. Foignet.
JEANNETTE, sa servante.   Mad. Camus.

La scène se passe à Paris, et le théâtre repré-
sente l'appartement de S. Ange ; une table
avec papier, encre et plumes est à la droite
du spectateur ; une autre table couverte d'un
tapis vert est à la gauche.

L'AUTEUR

ET SA SERVANTE,

PROLOGUE.

SCENE PREMIERE.

JEANNETTE, *seule, tirant les cartes.*

J'voyons d'beaux messieurs et d'belles dames qui disont comm' çà qu'il n'y a que les enfans et les imbécilles, ou les vieilles femmes qui pouvont croire aux cartes.... eh ben, moi, qui n' s'is rien d'tout çà, j'y crois... à cause ? à cause que ma mère y croyait et qu'elle était payée pour çà, attendu qu'jamais c'grimoire-là ne l'a trompée ; témoin ma naissance qui s'y est trouvée écrite d'avance, ni pus ni moins qu'elle l'a été après dans les registres d'not' municipalité.... Qu'on dise encore qu' les cartes sont des jeux d'enfans !

Air ; *J'ons un curé patriote.*

Ell's ont prédit à ma mère
Qu' son mari pour lors absent,
À son r'tour se trouv'rait père
D'un enfant intéressant ;
Qu' tout d'abord voyant le fait,
Il en rest'rait stupéfait
    En effet,   (*bis*)
En effet tout çà s'est fait.

Des mêm' cartes le présage
A ma mère apprit jadis
Qu'un illustre mariage
Se f'rait en mil huit cent dix ;
Qu' de c' mariage et d' ses effets
Tous les cœurs s'raient satisfaits ;
   En effet,   (*bis*)
En effet, tout çà s'est fait.

Ell's ont encor dit d'avance
Qu'un enfant beau comm' l'Amour,
De c' t'hymen cher à la France,
Devait recevoir le jour ;
Que c' t'enfant rare et parfait
S'rait pour la France un bienfait ;
   En effet,   (*bis*)
Avant peu, tout çà s'ra fait.

Mais il y a une chose que les cartes n'ont pas encore dite, et que j'voudrions ben savoir. Et mon maître donc ? il n'en dort pas, tant cette incertitude là le tourmente. Il dit qu'il faut absolument qu'il soit sûr de çà pour faire sa pièce. Il est vrai qu'il faut savoir sur quel pied on chante, et qu'une fille et un garçon, ça fait deux . . . c't'apendant . . . .

Air de Marcelin.

J' savons très-bien qu'un p'tit Emp'reur
D' son père aurait la survivance ;
Qu'il hérit'rait de son bonheur,
De son génie, et d'sa vaillance ;
Mais excepté c'te seul' raison,
Qui d'un' préférence s'rait cause,
Pour notre cœur, fille ou garçon,
Çà s'ra toujours la même chose.

Voyons si les cartes ne m'apprendront rien là-dessus.

SCENE II.

S. ANGE, JEANNETTE.

S. ANGE.

Quelle cruelle indécision ! ce doute enchaîne et paralyse toutes mes idées.

JEANNETTE, tirant les cartes

Un roi et une dame ? . . . c'est mariage . . . il doit y avoir quelque chose après çà.

S. ANGE.

Les couleurs sévères qui me serviraient à peindre les traits d'un prince appelé par l'exemple de son père au titre de héros, ne peuvent convenir à la physionomie douce et séduisante d'une princesse qui devra un jour à ses charmes et à ses vertus, l'empire de tous les cœurs.

Air du vaudeville d'une Heure de folie.

Qui m'apprendra s'il faut tracer
Gloire ou Vertu, Grace ou Conquête,
La Beauté qui sait tout fixer,
Ou la valeur que rien n'arrête...
Des deux sujets je suis épris;
Mais le pinceau tendre et facile
Qui peint les yeux de Briséis,
Peut-il tracer le bras d'Achille.

JEANNETTE, *sautant.*

Dame de cœur? ce sera une fille, ce sera une fille.

S. ANGE.

Qu'est-ce que tu dis donc?

JEANNETTE.

C'n'est pas moi qui le dis, ce sont mes cartes. Tenez, ne voyez-vous pas c'te dame?

S. ANGE.

Eh bien?

JEANNETTE.

Eh ben! vous qui êtes r'torts dans l'écriture, et versé dans les livres, vous ne voyez pas que cela annonce que c'est une jolie petite princesse que nous allons avoir.

S. ANGE.

Pauvre Jeannette! que tu es simple!

JEANNETTE.

Simple! eh ben, not' maître, vous qui êtes capable, dites-nous donc ce que ce sera, vous?

S. ANGE.

Ah! je voudrais le savoir, mon ouvrage serait bientôt terminé.

JEANNETTE.

Vous voyez donc ben qu'il vaut encore mieux croire çà que rien du tout.

S. ANGE.

Au fait, le hazard nous sert souvent mieux que toutes nos mesures.

JEANNETTE.

Travaillez sur ce que je vous dis, vous ne vous r'pentirez pas. J'savons d'ailleurs que vous êtes heureux aux cartes, et ça doit vous donner de la confiance.

S. ANGE.

Molière quelquefois consultait sa servante,

JEANNETTE.

Et puis songez que le tems se passe, que je n'tard'rons pas à entendre le canon, qui cette fois ne nous fera pas peur.

S. ANGE.

Mais si ensuite c'est un prince ? . .

JEANNETTE.

C'est impossible . . . voyez donc, (*Elle montre les cartes*), ça a-t-il l'air d'un prince ?. . . et puis vous auriez toujours fait preuve de bonne volonté.

S. ANGE.

Allons, tu me décides.

JEANNETTE.

Vrai ! ah ! que je suis contente ; v'la-t-il pas que moi qui ne sais pas écrire , j'ai donné une idée à un poëte.

S. ANGE.

Au fait, son horoscope est assez vraisemblable.

Air : *Que l'Amour de la Botanique.*

Avant que de notre tendresse
Un Prince n'exauce les vœux,
Le Destin doit d'une Princesse
Nous faire le don précieux.
Jé sais que dans un Fils auguste
Le Monarque se reproduit ;
Mais il est naturel et juste
Que la fleur naisse avant le fruit.

JEANNETTE.

Eh bien, voyons, que dirons-nous de la petite princesse ?

S. ANGE.

Comment ! que dirons-nous ? est-ce que tu veux être de la pièce que je vais faire ?

JEANNETTE.

Pardi ! pourquoi donc pas, puique je vous en ons donné le sujet ?

s. ANGE.

Ah! tu as raison. Eh bien , voyons...

Air : *jeunes Filles , jeunes Garçons.*

Nous présageons aux cœurs émus
Sa grace unie à la décence ,
Ses talens à la bienfaisance ,
Et l'amour qu'inspire à la France
L'assemblage de ses vertus ;
    Ses charmes sûrs de plaire ,
    Son esprit sans apprêt...

JEANNETTE.
Je vois que, trait pour trait,
Nous ferons le portrait
    De sa mère.

S. ANGE.

Tu l'as donc reconnu ?

JEANNETTE.

Est-ce qu'on peut s'y méprendre ? Oh çà ! voyons, ensuite ?

S. ANGE.

Ensuite ? . . . , j'y vais réfléchir . . . . . mais laisse-moi seul un instant.

JEANNETTE.

Eh bien ! à la bonne heure , mais à condition que dans un moment , je viendrai voir ce que nous aurons fait.

S. ANGE.

Oui , va-t-en.

JEANNETTE.

Je m'en vas , et j'emporte les cartes, pour voir si elles ne m'apprendront pas encore quelque chose de plus.

SCENE III.

S. ANGE , *seul.*

Enveloperai - je du voile de l'allégorie le tribut de louanges que réclame la naissance d'une aussi illustre princesse ; oui , cet hommage indirect est celui qui convient à un souverain dont la modestie rehausse encore la gloire,

Air: *De l'Avar et son ami.*

Sous quels traits, fille de la France,
A nos regards brilleras-tu !
Sous ceux de la douce Espérance,
Ou de la touchante Vertu !
Non : parais sous ceux de la Gloire !
Mais que dis-je ! aux yeux des Français
Tu dois représenter la Paix :
Elle est fille de la Victoire.

Ecrivons . . . . Avec quelle rapidité mes idées se succèdent ! . . . mais dois-je m'en étonner ! si l'éclat de la vertu sait ennoblir la naissance la plus obscure, quel empire ne doit-elle pas avoir lorsqu'elle brille parée des charmes d'une princesse qui doit être un jour la gloire de son sexe et l'ornement du trône.

SCENE IV.

S. ANGE, JEANNETTE.

JEANNETTE, *accourant.*

Dites donc, dites donc, not'maître, ne vous pressez pas tant. C'n'est plus une fille, c'est un garçon.

S. ANGE.

A l'autre, maintenant.

JEANNETTE.

Dame ! j'nous étions trompée, l'plus fin y serait pris.

S. ANGE.

Encore les cartes qui t'ont dit cela ?

JEANNETTE.

Comme vous dites.

Air: *Dans le r'pos et l'innocence.*

J' venons de r'tirer moi-même
L'horoscope de c't enfant :
L' roi d' cœur m'a donné l'emblême
D'un Prince qui s'ra triomphant.
Et c' qui m' l'a prouvé bien vîte,
C'est qu' plus j' mêlions les couleurs,
Plus autour du Roi que j' cite
J' voyons abonder les cœurs.

S. ANGE.

Cette seule prédiction servirait pour me faire croire à

la sorcellerie, si j'étais superstitieux. Mais comme rien ne prouve plus la naissance d'un prince que celle d'une princesse, tu trouveras bon, ma chère Jeannette, que je suive le plan que j'ai commencé.

JEANNETTE.

Eh ben! vous avez tort.

S. ANGE.

A la bonne heure.

JEANNETTE.

Air : *Dans la vigne à Claudine.*

Oui, monsieur, je vous jure,
Tout' sotte qu' vous m' croyez,
Qu' si j' faisions un' gageure,
C'est vous qui perdriez.
Vous direz que j' babille,
Sans rime, ni raison...
Soyez donc pour un' fille,
Je suis pour un garçon.

(*Elle sort.*)

SCENE V.

S. ANGE.

Poursuivons... Cette fille est venu me troubler... où en étais-je? je n'en sais plus rien. Voilà toutes mes premières idées renversées par des idées contraires; c'est Jeannette qui en est cause, avec sa ridicule confiance dans ses cartes. Parcourons un instant ce journal avant de reprendre mon ouvrage, qui autrement se ressentirait du vague de mes idées... Ah! ah! que vois-je! « On ne peut se figurer la foule » innombrable et toujours croissante des paris auxquels » donne lieu l'événement solemnel qui se prépare; on en » compte trente-cinq mille pour un prince, contre qua- » torze mille pour une princesse. » Quelle étonnante dispro- portion! Jeannette aurait-elle dit vrai? ma foi, puisque mon ouvrage n'est pas plus avancé, rangeons-nous du parti du plus fort, et fesons succéder les sons bruyans de la trom- pette guerrière, aux accords touchans de la lyre. Sous quelle étoile en effet plus digne de lui, ce fils auguste pourrait-il recevoir le jour?

Air : *Le premier pas.*

Au mois de Mars
Lorsque tout reprend l'être,
Lorsque sur terre on voit de toutes parts,
Gaîté, plaisirs et beaux jours reparaître;
Prince chéri, ne devais-tu pas naître
Au mois de Mars.

Aux champs de Mars,
De ton illustre père
La France a vu flotter les étendards;
Digne héritier de sa valeur guerrière,
La gloire un jour guidera ta bannière
Aux champs de Mars.

Comment ne pas être inspiré par la perspective du brillant avenir que nous promet une aussi auguste naissance ! Il faudrait n'être pas Français, et je me sens aujourd'hui plus que jamais digne de ce beau nom. Traçons vite notre plan... Si je transportais le lieu de ma scène à Rome : cette patrie des arts, cette capitale du monde, qui va bientôt à ces titres glorieux en joindre un bien plus grand encore.

Air *de M. Guillaume.*

O des cités, reine antique et superbe,
Fameuse encor par tant d'explots guerriers!
Assez long-tems tu vis sous l'herbe
S'anéantir tes augustes lauriers.
Mars a parlé : hâte-toi de renaître
Du sein de tes débris épars ;
Tu fus jadis et tu vas encor être
Le berceau des Césars.

SCENE VI.

S. ANGE, JEANNETTE.

JEANNETTE,

Ah ! not' maître, que vous avez ben fait de ne pas nous croire tout à l'heure ! vous aviez raison, ce sera une fille.

S. ANGE.

Va-t-en au diable avec tes cartes !

JEANNETTE.

Au diable ! v'là un joli remerciment pour la peine que j'me sommes donnée d'faire des couplets pour not' pièce.

S. ANGE.

Toi, des couplets ?

JEANNETTE,

Tout comme un autre.

Air : *N'y a que Paris.*

Maugré que j' passions à vos yeux
Pour êtr' d'une ignorance extrême,
L' vrai poëte est c'ti-là qui sent l' mieux,
Et quand il faut chanter c' qu'on aime,
Est-c' qu'on a jamais besoin d' çà ?

(*Se frappant le front.*)
L'esprit est-là.　　　(*bis.*)

(*Elle pose la main sur son cœur.*)

S. ANGE.

Elle a raison. Eh bien, voyons donc ces couplets.

JEANNETTE.

Vous allez vous gausser d'nous, parce que la rime n'est peut-être pas assez... vous m'entendez bien... mais ma fin, c'est égal... comm'dit le proverbe : la plus jolie femme n'peut donner que ce qu'elle a.

S. ANGE.

Et souvent ce n'est pas à dédaigner.

JEANNETTE.

C'est sur c't'air si ancien et si joli : *si le roi m'avait donné.*

S. ANGE.

Il rappelle un grand roi, il est bien de circonstance : chante.

JEANNETTE.

M'y voilà.

Air : *Si le roi m'avait donné.*

Tous les homm' font des souhaits
　　Pour qu'un vaillant drille
Du brave Emp'reur des Français
　　Commence la famille.
Mais tout' les femmes d'accord,
N' fut-ce qu' pour l'honneur du corps,
Aim'raient mieux un' fill' d'abord,
　　Aim'raient mieux un' fille.

S. ANGE.

Bravo ! Jeannette ; comment diable ! je ne ferais pas mieux.

JEANNETTE, *modestement.*

Oh ! m'sieu, c'n'est pas une raison pour qu'çà soit bon.

S. ANGE.

Grand merci ! voyons l'autre.

JEANNETTE.

Ah ! l'autre, il faut tout vous dire, il n'y a de moi que les quatre premiers vers.

S. ANGE.

De la franchise et de la modestie ? on voit bien que tu ne
fais que débuter dans la carrière. De qui est l'idée du couplet ?

JEANNETTE, *mystérieusement.*

Il ne faut pas le dire.

S. ANGE.

Je te le promets ; parle.

JEANNETTE.

Eh ! bien, je n'en sais rien ; mais çà m'a paru drôle,
j'lons arrangé comme vous allez voir.

Air : *Du partage de la richesse.*

Comblant enfin d' la France entière
Et l'espérance et le bonheur,
Un' enfant d' son père et d' sa mère
Va nous r'tracer l'esprit et l' cœur.
Pour l'Emp'reur, maugré son envie,
De c't'enfant l'sexe est un secret...
C'est la première fois d' sa vie
Qu'il n'a pas su ce qu'il faisait.

S. ANGE.

De mieux en mieux.

JEANNETTE.

Pas vrai que c't'idée-là n'est pas d'une bête ?

S. ANGE.

Non, certes, et je voudrais l'avoir trouvée, je ne regrette
que l'erreur que tu as commise, en appliquant le couplet à
une princesse.

JEANNETTE.

C'en sera une, je vous dis, et vous en aurez la preuve
plutôt que plus tard.

S. ANGE,

Comment le sais-tu ?

JEANNETTE.

On voit bien qu'vous n'êtes pas encore sorti d'la journée.
Imaginez-vous qu' c'est un bruit, une joie dans les rues...
Ils disont tertous qu' c'est pour aujourd'hui.

S. ANGE.

O ciel ! et mon ouvrage qui est à peine commencé !

JEANNETTE,

Qu'on tirera vingt-un coups de canon pour une fille, et
cent un pour un garçon.

S. ANGE.

Laisse-moi, laisse-moi travailler.

JEANNETTE.

Et que les cannoniers sont déjà tous en rang d'ognons
devant leurs pièces pour partir au premier signal.

S. ANGE.

Oui, mais va-t-en, va-t-en te dis-je, je n'ai pas un moment à perdre.

JEANNETTE.

Et mes couplets?

S. ANGE.

Sors, et viens m'avertir de ce que tu auras appris de nouveau.

JEANNETTE.

Mes couplets, je vous demande.

S. ANGE.

Je les placerai.

JEANNETTE.

Vous les placerez, si c'est possible ?. . . . . . Ah ! monsieur, permettez que je vous embrasse. (*On entend crier dehors*) vive l'Empereur ! vive l'Impératrice !

S. ANGE.

Qu'entends-je !

JEANNETTE, *sautant de joie.*

Qu'est-ce que j'vous avions dit !

CHŒUR, *derrière le théâtre.*

Air : *Allons, gai, par la chansonnette.*

Ah ! pour nous l'heureuse nouvelle !
Louise est mère en ce beau jour !
Chantons cette source éternelle
D'espoir, de bonheur et d'amour.

S. ANGE.

O destin ! reçois notre hommage !
Mais pour nous cet objet sacré
A-t-il reproduit son image,
Ou celle d'un Prince adoré?

TOUS.

Ah ! pour nous l'heureuse nouvelle, etc.

JEANNETTE.

Il y au.a vingt-un coups de canon.

S. ANGE.

Il y en aura cent un. (*On entend le canon.*)

Air : *de la Sabotière.*

Un, deux...

JEANNETTE.

Douce espérance !

S. ANGE.

Trois, quatre...

JEANNETTE.

Ah ! quel bonheur!

S. ANGE.

Cinq, six...

JEANNETTE.

Je sens d'avance.

S. ANGE.

Sept, huit...

JEANNETTE.

Battre mon cœur.

S. ANGE.

Ciel! il s'arrête.

JEANNETTE.

Oh! c'est trop peu.

S. ANGE.

Que présumer de ce silence!

JEANNETTE.

Écoutons bien.

S. ANGE.

Daigne, grand Dieu!
De la France exaucer le vœu!

(*Le canon continue.*)

JEANNETTE.

Neuf, dix...

S. ANGE.

Bonheur extrême!

JEANNETTE.

Paix, paix.

S. ANGE.

Douze déjà.
Paix, paix.

JEANNETTE.

V'là l' quatorzième...
Quinz', seize... Ah! comm' çà va!

S. ANGE.

Il semble encore s'arrêter,
Et mon doute est toujours le même.

JEANNETTE.

Faut-il pour ça s'impatienter!
Nous reculons pour mieux sauter.

(*Le canon continue.*)

S. ANGE.

Paix, paix.

JEANNETTE.

Ah! jarnonbille!

S. ANGE.

Paix, paix.

JEANNETTE.

Vingt coups d' canon!
Vingt-un... C'est une fille!

S. ANGE.

Vingt-deux... C'est un garçon!

LE CHOEUR *reprend.*
Ah! pour nous l'heureuse nouvelle!
Louise est mère en ce beau jour!
Chantons cette source éternelle
D'espoir, de bonheur et d'amour.

JEANNETTE, *au canon, qu'on entend toujours.*
Oui, oui, continue, va. . . . . je n'comptons plus,
c'est pour le coup que les dragées de ce baptême-là pourront
s'acheter au Grand Monarque. Allons, allons, not' maître
il n'y a point à dire. . . . . . faut que vot' pièce soit faite aujourd'hui, apprise demain et jouée après-demain.

S. ANGE.
Oui, mais le moyen de donner en si peu de tems à mes
personnages un langage digne de mon sujet.

JEANNETTE.
Eh! bien, voulez-vous que je vous donne encore une
idée? faites une pièce où on ne parle pas, vous savez ben.....,
qu'vous appellez. . . . . . .

S. ANGE.
Pantomime.

JEANNETTE.
C'est-çà. . . . . . vous vous en tirez bien quand vous vou-
lez; vous la porterez au théâtre des Jeux Gymniques, qui
n'a jamais été le dernier à célébrer les batailles des Français.

S. ANGE.
Dis donc les victoires. . . .

JEANNETTE.
Est-ce que c'nest pas la même chose? et qui se fera un
plaisir de profiter de cette occasion, pour payer son tribut
de louange et de reconnaissance au petit Amour qui vient de
naître.

S. ANGE.
Tu as raison.

JEANNETTE.
Quand j'vous dis qu'aujourd'hui, j'ai de l'esprit, que je
n'me reconnais pas.

S. ANGE.
J'intitulerai ma pièce l'Enfant d'Hercule.

JEANNETTE.
Çà devait être un fier luron; c'est c' qu'il nous faut.

S. ANGE.

Air : *Regard vif et joli maintien.*

Puisque les forces et le tems
Manquent à ma trop faible lyre,
Pour peindre en termes éloquens
Tout ce qu'un si beau jour inspire;

Des gestes, des yeux et des traits,
Que l'expression m'en console :
Expliquant ces transports muets,
L'ivresse de tous les Français
Saura leur prêter (*bis*) la parole.

JEANNETTE.

Eh! bien, puisque v'là qui est décidé, allez vous rendre témoin par vos yeux et vos oreilles des larmes de sentiment, des cris de joie ; enfin de tout le désordre que cette bonne nouvelle va occasionner dans Paris... çà vous montera la tête, et je ne jurerais pas que votre pantomime ne fut en état d'être jouée ce soir. . . . . . oui, monsieur, ce soir.

S. ANGE.

Tu n'y penses pas. Comment veux-tu que mes acteurs.....

JEANNETTE.

Acteurs, danseurs, tailleurs et décorateurs, tout-çà y mettra le même empressement que vous, et puis, tenez, sous le règne des miracles, il n'y a rien d'impossible.

VAUDEVILLE.

Air :

S. ANGE.

Heureux enfant ! fruit précieux
D'un nœud que la gloire féconde,
Tu te vois placé par les Dieux
Sur le premier trône du monde.
Sois un jour, dans ton noble essor,
Héritier de la France entière ;
Et pour être plus riche encor
Sois-le des vertus de ton père.

JEANNETTE, *au Public.*

L'jeun' Prince, objet de notre amour,
A peine a reçu la naissance,
Qu'un nouvel enfant à son tour
Va lui devoir son existence.
Et sans orgueil à son bonheur
D'avance il est permis de croire...
Ce qu'on fait au nom d'un vainqueur
A le cachet de la victoire.

FIN.